有働薫

幻影の足

思潮社

幻影の足　目次

西の丘

装画＝辻憲「小運河暮色」

伯母たちへ

幻影の足

西の丘

まぼろし

落ちていた埃を
手のひらに拾うと
鼠のかたちの影になった

夕闇の部屋で

このあたりでは
ついぞ見かけなくなった
害獣を

殺すことにも慣れたと言っていた
首都の谷間に住む妹の
息子に子は生れただろうか

セレナード

夕方ドアを開けると
雨はあがっている
三十度を超える真夏日がきて
その前日は夜どおしの雨　明け方に雷が鳴った
梅雨は明けたと思っていたが
今日はまた朝から降りどおし

雲は薄くまだあかるい
七夕の夜

何年ぶりか
小さな笹飾りを立てた

夜の九時
西の空の雲の切れ間に
溶け出しそうな四日月
闇の中にしばらくたたずんでいると
頭の真上に
ただひとつ

エストレリータ
みずいろの小さな星

豊坂

とよ坂に午後の陽があたって
ローラースケートで滑り降りていく
足の裏がでこぼこして
爆発しそう

日本女子大附属豊明小学校の
コンクリートの高い塀から
少し緑の葉っぱがはみだして
塗りたくって色あせた景色のようね

とよ坂はまだ半分もくだっていないのに
倉持さんのお屋敷のお勝手口の
くぐり戸に
激突

母はあやまりに行くのだ
憤慨した母のかん高い声の先っぽから
坂はおおきくカーブして

高田豊川町のアルマイト家内工場の
生臭い夕方のまん中に
軸の折れた車輪といっしょに
吸い込まれていく

西の丘

西向きの窓からまばらに樹木の並んだ
丘がみえる

カラーの鉛筆のよう
ギターを背負ったり
犬に引っ張られたり
離れたり重なったり
丘の上を歩く人たち

あそこ
すぐ近く
ここから歩いて行けそうな

壊れていく
少しずつ
毎日

夕方　丘はシルエットになって
とき色に焼けた空に浮かび上がる
中原淳一の西洋物語の膨らんだスカートの少女になって
鳥もシルエットで飛んでいく

こんどあの丘まで行って
尾根を歩いてみよう

窓から呼びかければ
手を振るかもしれない

丘の記憶は
やがて削り取られるかもしれない

でも今は
丘の上から
ゆっくりゆっくり
落ちて行く

ユリの木の下で

「ろうこしいき」*を拝観したあと
おうせいに若葉を盛上げているユリノキの大樹の
下のベンチで風にあたっていると
タバコを吸ってもいいですか
男の人が同じベンチの反対側のはしに来て座った

シガレットを一本おいしそうに吸い終えると
ドロップいかがですか
いえ、けっこうです

さっき床屋でくれたんです　どうぞ

遠慮するつもりだったのに
新しい缶の封が切られるのをみて
もらってもいい気がしてきた

四角い缶を
手のひらの上で
逆さに振るころはもう
少ししかないと知っている
白い薄荷の粒が出てくればいいな

ハッカをまぜて三粒
いちどにほおばった
若葉をとおる風の味がした
くれたひとも

ドロップをなめた

弘法も筆の誤り
わたしがいうと
弘法は筆を選ばず
ドロップス氏はいった

しばらくたってドロップス氏は
ベンチを立った

やがて
わたしもベンチを立った

ドロップス氏は
足を引きずり杖にすがって
駅への道を歩いていた

植込みの新緑ごしに
遠目にうしろ姿を追いながら
歩調をおさえて
わたしも駅へ戻った

定年退職してから
すぐに足が悪くなった
ドロップス氏が
さっき話していた

*『聾瞽指帰《ろうこしいき》』は、弘法大師が二十四歳の時にあらわした自筆の書物。二〇〇四年に上野の東京国立博物館で開かれた記念展で拝観

贔屓

猫が両耳を
たがいちがいに動かしている
晴れた秋の午後美術館に行く
毎日毎日をのんべんだらりとくり返す
歯科医院の治療台で金属の小さいコップにいくども水を注ぐ
パソコンのウエブページからコピーしたメリヨンのエッチングを手暗がりで眺める
パリの通りの建物の空にカモメが無数に舞っている
壁時計の文字盤のラテン数字をたどる
サーティフィケートのタイトルの花文字

伏流水のこもった響き
けもののの臭いのするまるでするめのような乾し筍
紙の大好きな小さな民族……

村

乙女村の入り口に
簡単な標識があった
ジャンヌ・ダルクとよばれたのは
後世のことで
当時の呼び名は
ジャンヌ・ラ・ピュセル

村の名前に残っている

草丈の低い
中世の風景を思い浮かべるには
少し戸惑いのある
じゃがいもと麦の畠がえんえんと続く
広大な見晴らしの
明るい乾いた風景である

村の通りは舗装され
スピードを上げて車が追い越してゆき

かなりの川幅の澄んだ流れを
黒い斑《ぶち》と栗色の斑の
体格のよい〈おかあさん〉たちが渡って行く
重たそうな乳房をはんぶん浸し
水の深さを測るようにそろそろ
緑色のつなぎ服の農婦《マダム》に見守られ

全員無口

古い教会の薄暗い隅に
黒ずんだ石の小さな水盤と
リタニーを印刷した紙片

司教さま
わたしは
許しますか

庭

母たちの世代の
農家の女性は
老鶏を裏につれていき
一声も鳴かさず
絞め殺した

夕飯に肉を食べるため

昭和十年代以降の生れの

わたしたちは
鶏を絞めることができない
もちろん技術も要るだろう
その技を知らない

わたしたちは
ひとに殺してもらって
食べる

庭のまんなかで
午後の光の中に
殺したあとの
母

実生の枇杷の木

黄色く熟れた枇杷の木の下を
肩掛けかばんの生徒たちが通る

けさ早く
お天気が良くて
ほっぺたに赤丸を付けたひよどりたちが
大勢押しかけてきて
さわがしい朝食を済ませて行った

道の上にやつらの食べ残しの

皮やら種やら
むごたらしく散らばっている

白いスニーカーを汚すな

今日の弁当に
種のはずれた枇杷の
炎のような半月が
のっているか

ママンの割烹着の胸元の
白いレースは夕方まで糊の匂いが失せないか

裏白を付けた藁の門飾りを
買って砂色に盛り上がった花の下を通ったのは
ついせんだって

雪野

祖母が雪野に深雪さんを残して
旅立った日から
わたしたちきょうだいは難民だった
あるいは絶望的な国際戦争にさしだす
虐殺のための若い弾だったかもしれない
わたしたちは祖母の罪のあとに
贖罪として胚胎されたのだから

だからわたしたちは借家を出て

ちらばり
音信せず
黙して生きた
それが自分らに定められたこと
恥と思う必要はない
ひたすらに卵のような抽象に
ひびの入るのを待てばよい

わたしたちに交信は許されていない
紛れ　隠れ
すべての欲望をひた隠し
立去りの季節まで
あとかたを見せず
人けを伏せ
息を殺して

裏切りはあるのだ
けっして覗くなと
戒めのわきから漏れる
噴出のように裏切るのだ

男たちの寿命は短い
女たちは長生きしていらだちあい
端のない糸としてからみあう

父よ
雪野には
なにもない

昼の時間

ユベール・ド・リューズの協奏曲による三つの詩

朝の飛翔

九月の朝の蒸し暑さ
いぜんとして暗い夏の炎は衰えず
CDが
押し殺したトランペットの支配的なひびきをくりかえす
ここ数年たえず海風になぶられるようになった
小動物は金銀の瞳を不安げに輝かせる
わたしもまた漠然とした不安のなかで

冷たい鼻先にキスをする

うしろめたい抱擁の闇にうずくまる影は
遠い祖先のたびかさなる虐殺の記憶でもあるのか

朝といえども身綺麗ではいられない
清純の季節は過ぎた
いまは恋敵に手足を奪われた歴史の闇のだるま姿の女性にこそ
この鬱積の謎解きができるかもしれない
逃げ込む屋蓋《やね》の隅で手を合わせよ
寿命を乞え

無傷の瞬時
逆らえぬまま餌食にされる若仔よ
この日当たりのいい果樹園で
いつまでもメロディーが浮かび上がってこない

憂鬱な散歩、午後

わずかに逃れ出た明るみにふたたびの自由を
さぐることをピアノに許してほしい
幼い雌の仔でさえ
すでに献身のしぐさをかいま見せるのだから
不安を超えた本能の強さ
群れて生きるおおかたの知恵にうとく
それほどおぼつかなくさまよう午後
それほど空洞と化した頭蓋の中に
言葉を飲み込む
眠れぬ夜のために
さまよう昼のために
凪の中で不安に駆られる
はびこる草の条《すじ》たちのように
はやばやと播種を済ませ

余白の和みを飲み記憶に備えよ
たとえそれが尊大の
裏切りの
不審の
嫉妬の
いらだちの
憎しみの記憶であろうとも
追憶の
慙愧の
あこがれの
感謝の
愛の
記憶であろうとも
柔らかな草の上に横たわり暗い枝の繁りを
見上げてすごす一瞬の午後であっても

夕べの喧噪

人々の群れる楽しさ
忠実な犬も
箪笥の上の猫も
眼を細め
耳をすます
通りは赤白の提灯で飾られ
きんいろのイルミネーションが
ちかちかと星を青ざめさせる
夕方の薄闇の
奥深さ
バスがまばらな乗客をのせて
人けのない停留所を
勤勉に循環する
行き帰りに名残をおしむ

街を
去る人々の深いため息
枝のさしかかる窓から
賑わうレストランの白い灯りがもれてくる
青と黒に領された空間のベッドで
言葉は眠る
起きている人たちの楽しみのなかに
このままメロディーなしで？

幻影の足

甕棺

春が盛りに入って
緑濃い例年を迎えるはずだった
いったん芽吹いた楓の枝が
きゅうに新芽を萎ませはじめた
百歳を越え母が死んだ
まる四日の間　苦しい息を続けていた

五日めの朝　らくになった
眼をあけて
見て
にこーっと笑って
すっと行った

自分で呼吸を止めた

例年より早く入った梅雨の
降り止まぬ雨にさらされていた
黒く固まった枝の
向こうの空に虹がかかった

累代墓のわきの
わたしどもの祖父の石がゆがみ
土が沈んだ

埋《い》けてある甕が割れたようだ
またいとこのケンスケさんの
電話口の言葉だった

月の魚

月の沙漠を、はるばると

加藤まさを

月の砂漠の砂の流れを
月の裏側の真闇にすむ魚が
泳いできて
わたしの垂らす釣り糸の
とがった針を
可愛い口で
飲み込んで

魚は痛さに

痙攣し
わたしの糸が痙攣する
わたしの魂が
痙攣し

地球から来た
水の一滴
未曾有の愛に
失神する

月のくらやみの奥に眠っていた
目のない魚が
目を覚まし

針の刺さった可愛い喉で
つめたく重い

水を
飲んで死ぬ
残されて
青い地球の出を見上げている

エリデュック

フランス最初の女流詩人マリー・ド・フランスは、十二の歌物語《レー》を残している
マリーが美女だったかどうかはわからないが、ミニアチュア画のマリーだとされる
裾長の衣の女性の被り物からは金髪がはみだしている

小野小町より三百年も後世のひとだ

マリーの十二のレーのうち、「すいかずら」はケルト伝説の「トリスタンとイゾルデ」の悲恋を扱ったものだが

主人公の名前「エリデュック」をタイトルにしたいちばん長い作品は愛のいとなみ《アバンチュール》

の物語である
ブルトンの人々は、古代ケルトから伝わるさまざまな愛の物語をロートと呼ばれる
弦楽器を奏でつつ朗誦した

いまは詩もメロディーも失われ、マリーの書いたレーだけが残っている

ブルターニュの若い騎士エリデュックには美しい妻があった
たぐいまれな騎士の心でブルターニュ王の覚えことのほかめでたかった
だが人の心は暗いもの、同僚たちは嫉妬のあげく彼を宮廷から追放した
騎士は妻を残してイギリスに渡り
軍功を立ててウェセスター王に迎えられた
王の姫ギリャドンはひとめで彼に恋し
けっきょくエリデュックはフランスに残した妻との誓約を破って彼女を愛した

やがてもとの王に危機が迫り、騎士はブルターニュに馳せ参じ

復帰がみとめられることとなった

エリデュックはウェセスターの姫を迎えに戻り
ブルターニュに戻る途中船が遭難の危機に遭い
姫を海中に投げ込めと忠告した水夫を殺してようやく港に着いた

エリデュックに妻のあるのを知って絶息した姫を
領地の礼拝堂に隠して城にもどった
妻は喜んでむかえたが、彼は気もそぞろだった
帰館後三日目にエリデュックは礼拝堂の姫に会いに行き
姫の遺骸を抱いて泣き明かした

やがてこのことを妻が知り礼拝堂で
「五月のばらの花のように美しい娘」の死んでいるのを見つけた
白貂の落とした赤い花によって息を吹き返したギリャドン

事情を聞いた奥方はどうしたらいいのだろう

先の妻ギルドリュエックは修道院に入った
夫は姫と結婚し幸せに暮らした

やがてエリデュックも修道院を建て、祈りの生活に入った
今の妻は先の妻の修道院に入って、ギルドリュエックとギリャドンは
ともに敬虔な生活を送った

「この三人の愛のいとなみ、
こころ床しのそのかみのブルトンびとは
歌物語にうたひこめて、語り伝へた
ゆめ忘れてはなるまじひものなれば。」

日本の女詩人も身を引いて
だが今の妻が五月のばらのようだったかどうかは知らない

茗荷の港

昔、ブルターニュにイスという名の町があった

どくだみの白い花が
見渡すかぎり咲いている野原を
明け方まだあたりが煙ったように
蒼くかわたれているなかを
朝露に足元をぐっしょり濡らしながら歩いていくと
ふいに海辺の町に出た
入り江に海が
まるい鏡のように光っている

*

町にはいると行く手に明るい灯りが漏れてくる
高い窓のある建物があり
近づいて入口の戸を細く開けて覗くと
中は広いホールで
人々が大勢集まっている
貝殻色の半透明の長い着物を着て
腰を昆布色のサッシュで結んでいる
髪は肩の辺りで切りそろえられ
男女の区別がつかない
年令も若いのか年寄りなのか
みな背が高くほっそりしている
ひだりの壁ぎわの人が
わたしに気づいて
入るように手招きをした

＊

人々は低い声で談笑している
集会の温もりがホールに満ちている
手招きをした人が近づいてきて
わたしの手をとり
すっかりからだが冷えていますね
あちらの食堂で
温まってくださいと
すすめてくれる
奥のドアを押してはいると
大きな食卓について赤いお椀を両手に抱えて
朝食を取っている大勢のひとたちがいる
席につくとわたしの前にもお椀が運ばれ
茗荷のいい匂いのする豆腐のみそ汁をいただく

＊

食事のあとホールに戻ると
さっきの人が
静かな物腰で
椅子に誘い
わたしたちは集会のあと舟に乗って
沖ノ島へ向かいますが
あなたもご一緒にいかがですか
と話しかけられる

＊

わたしはけさ起き抜けに家を出てきたので
二匹の猫に朝の餌をやっていないことを思い出し
家に帰ってしなければならないことがありますので
と鄭重に断ると
そのひとは
そうですか　ご一緒できないのですねと

残念そうな
さびしそうな
顔つきをした

＊

突然まわりの談笑の声が
すーっと遠ざかって行った
わたしは少しめまいがした

気がつくと
どくだみの白い花に囲まれて立っている
茗荷の香りが口の中に残っている

ランボーの右足、エイハブの左足

メルヴィルとランボーは同じ年に生涯を終えている

小説『白鯨』のなかで、作者メルヴィルは片脚の捕鯨船長エイハブに、次のように語らせている「今ここに眼にはっきり見える脚は一つきりだが、魂には二つあるのじゃ。おぬしがドキドキと生命を感じとる所、きっかりそこにわしも生命を感じとるのじゃ。*」

魂の感じる足はいつもちゃんと揃っているのだ

小説のなかで、エイハブは左脚を抹香鯨に食いちぎられたからだを、不便ではあれ
この苦痛をもってあの鯨と再び闘いたいとすさまじい情熱を燃やす

ランボーは詩を捨てて実業で人生を作り上げようと北アフリカの砂漠と格闘したあ
げく、右脚を切断せざるをえなかった　すさまじいのは、北フランスの故郷の農家
からたちまち憑かれたように再び南へ向かったことだ　幻影の足で歩いて

北アフリカへの入口であるマルセイユで死ぬ　魂は自分が人生をかけ、自分をまさ
に滅ぼさんとしている砂漠を歩いているのだ

小説『白鯨』である程度の名声を得ながら、人生の後半に十九年間ニューヨークで
通勤生活を送らざるをえなかったメルヴィルはしかし七十二歳で命尽きるまで出版
の見込みのない小説**を書き続けた

ランボーはたぶん同時代人メルヴィルの存在を知らなかっただろう　たとえ知って
いてもどうというものでもない

メルヴィルは一八九一年九月二十八日ニューヨークで、ランボーも同じ年の十一月十日マルセイユで三十七歳の命を閉じた
ふたりのあいだには年齢としてはちょうど父と子ほどの開きがある

＊原光訳
＊＊遺作『ビリー・バッド』岩波文庫　坂下昇訳

マリアの家

旅の順序にしたがう三つの詩

マリアの家

「エフェソス都市遺跡のマグネシア門からほぼ四キロメートル、標高三五八mの山の上、交通手段の極めて不便なところに「マリアの家」がある。エフェソスの住民に代々語り継がれてきた伝説によれば、聖ヨハネはAD三七年から四五年の間にマリアとともに小アジアへ移り住んだ。山の中の礼拝堂「パナヤカパウル」への道を整備するため地元信徒に重い税の負担が課せられたが、「聖母マリアの最期の地」という先祖からの話を彼らはかたくなに信じた。」

山中のひんやりした空気の中に静かな優しさ
鳥のさえずりが聞こえ
セルチュクの野の清々しい広がりが見渡せる
静かだが寂しくはない明るさ
出がけに東京のわが家の小庭に咲いていたのと
そっくりな小菊が同じ黄色に慎ましく咲いている
つつましいがどこか華やか
優しさに遠い近いはない

マリアの静かさ
四角い石を積み上げた小さな建物のアーチをくぐると
内部は少し暖かく
正面に小さな祭壇がある
ローソクを買って火を灯し
異教徒ながら瞑目すると
背後から優しい歌がきこえる

青灰色の僧服の尼僧が
ひとり微笑んでいる

最近この付近に山火事が起こり
いくえにも重なる山々が焼けた
マリアの家のすぐ下の林で
火は止まったのだそうだ

下山のバスの窓から
焼けた山肌に
キャンプの人びとがテントを張り
焼け残りの木々を伐り出して積み上げ
斜面をならして小さな松の苗を
一列に植えそろえているのが見える
否定されてはまたよみがえる
伝説のように

伝道者聖ヨハネ教会

「キリストの最愛の弟子で、磔刑のときただひとり傍に居合わせたヨハネは、キリストから母マリアの保護を託された。そして彼は後にキリスト教の普及に努め、ドミティアヌス帝の時代に、迫害によって弾圧された人びとを奮起させる目的で『黙示録《アポカリプセ》』を著した。この書は新約聖書の最終巻として編纂されている。」

ヨハネの書いた『黙示録』は幻視の書である
彼は流刑地パトモス島で
師イエス・キリストの姿を見た
キリストは燃えるような目をし
足は真鍮のように光り輝き
ローマから遠く海を隔てた

このアジアの荒野アナトリアに
信仰の使いを出すようにと愛弟子に命じた
キリストは予言する
「私はすぐに来る」と

「人びとはヨハネの死後、アヤスルクの丘の上に墓をたて、その上に大理石を使って教会を建てた。」

大理石はこの地では手近かな地産地消である
それほどぐるり三六〇度冷え冷えとした大理石のはげ山にかこまれている
初期キリスト教徒は着たきりの貧しい民ばかりである
人々は自力で冷たく固い石を切り出し
熱い信仰心を燃やすことに生甲斐を求めた

カッパドキア

「アナトリア高原の中心にあるギョレメの谷は、かつてこの地方にあった王国の名にちなんで「カッパドキア（白い馬）」と呼ばれ、四世紀ごろからキリスト教徒が住み始め、岩の中に数多くの洞窟教会を造って信仰を守り続けた。ゼルベには古くからキリスト教の修道士たちが住み、「ウズムレ・キルセ（ぶどうの教会）」など初期キリスト教時代の教会が見られる。カイマクルにはイスラム教徒の迫害から逃れるためキリスト教徒が住んだ地下八階の巨大な地下都市が、一九六四年に発見された。」

予言を信じる人々は
カッパドキアの荒野に散った
人住まぬ奇岩の地下にもぐり
隠れ住み
ひそかに信仰と命をつないだ
彼らの描いたフレスコ画は二千年を生きながらえ

ひたむきな信仰を触れてくる
東の果ての信仰のない大都市に住む
われわれの渇いたこころにも

イタリック体の文章は、REHBER版「エフェソス」および、阪急交通公社ガイドブックからの引用

左右の距離

一九二五年度ノーベル文学賞を受けたイギリスの劇作家バーナード・ショーは受賞作『聖女ジャンヌ・ダーク』中のト書で、ジャンヌの容姿を次のように描写している。

「十七、八歳の健康な田舎娘。上等の赤い服を著てゐる。非凡な顔。二つの眼はたいそう離れてゐて、想像力の強い人間によく見受けられるやうに突出してゐる。鼻筋の通つた形のよい鼻、大きな鼻孔、短い上唇、意志の強さうな、けれどもふつくらとした口許、やはり負けぬ気らしい、均斉のとれた顎。」

ショーはこの描写を、単に自分の想像のみで行ったのではなく、この戯曲の冒頭に付された序論のなかで、次のような資料を紹介している。

「当時オルレアンの彫刻家が、冑を被つた娘の彫像を作つてゐるが、明らかに想像による作品ではなく肖像であるといふ点で当時の美術として特異なものであり、しかもその顔たるや極めて非凡であつて、このやうな顔付の娘が嘗て二人以上存在したとは到底思へぬ程である。」

そしてショーは自分の意見を示す。

「無意識裡にジャンヌが彫刻家のモデルになつてゐた、さう推測してよいと思ふ。勿論、その証拠は無い。けれども、異様な程離れたその二つの眼は、強烈な説得力をもつて問ひかけて来るやうに思はれる、「これがジャンヌでないのなら、ジャンヌはどんな顔の娘だつたのか」と。」

小野小町も紫式部も清少納言も、さらに遡って光明皇后も額田王も、はては卑弥呼、さらに白拍子の静、常盤御前でさえ、どんな容貌の女性だったのかを知りたいと強く思ったことはない。

だがジャンヌ・ダルクについては、ショーの場合は自作の戯曲の主役として容姿の指定は避けて通れぬ条件であったわけである。

ジャンヌ・ダルクほどさまざまな彫像、絵画に表現された女性はいないかもしれない。はだしで糸巻きを抱いた少女であったり、吏員系といわれるような、ブルジョワ風のビロードの衣装の町娘だったり。

もしジャンヌの受けた異端裁判の記録が残されていなかったら、ジャンヌ・ダルクの実在さえ、疑問視されただろう。

異端とは突出すること。時代の秩序を超えて生きようとする。そしてショーの序論によれば「社会は不寛容、すなわち狭量を根底にして成り立つてゐる」

これまでに出会った彼女を素材にした文学作品のうちで、わたしはショーの戯曲『聖女ジャンヌ・ダーク』にいちばん魅力をおぼえる。

かっこ内の文章は新潮社から昭和三十八年出版の福田恆存・松原正訳『聖女ジャンヌ・ダーク』による

柿に赤い花咲く*

二〇〇九年七月二十八日の夕べのための詩

柿の花は赤いのだろうか
夏が来ると子供の頃家の庭には
指貫のような形の乳いろの花が
たくさん散らばっていたが
赤い柿の花はどこに咲くのだろう
口に出すこともなく
長い間考えていた

鼻歌のようにそう口ずさんでいた兄は

どう思っていたのか
聞かないでしまった

その花はどんな赤の色だろうか
ピンクだろうか
オレンジ色だろうか
バラのような真紅だろうか

その花はどんな家の庭に咲くのだろうか

秋に実れば　血のような丸い
柿の実に熟すのだろうか

赤い花を咲かせる
柿の木はない
そうとわかる前に

別れたひとは多い

七月下旬　梅雨明けを待っている

近所の高い木の中に
小鳥がいる
バス通りの電話線と行きつ戻りつして
追いかけあっている番いを見上げて
バスを待っていた

もう昔のことだが
北九州の伯父の家に疎開していた
六歳の夏
米軍のグラマン戦闘機の機銃掃射をあやうく遁れた経験が
わが人生のとばくち
ひとりで真昼のカンカン照りの県道を歩いていた時のこと

からだに傷を負わなかったことが幸いといえるかどうか
運の強さの記憶なのか
たしかめることもなく
自分も別れていくだろうか

＊「垣に赤い花咲く…」という歌があった

傷つく街

二〇〇九年十一月十六日の夕べのための四つの短い詩

臨界

臨海線で帰るといいよ
高いけどね新宿まで三十分
行きはシルバーパスで来たけど
帰りはりんかい線で帰ろう

プロフィールがむかしのハルミさんのようにすずしい
太宰のゆかりの土地を回って歩くと言っているよ

さっきそう噂されていた

ハルミさんの絵を見に
西のベッドタウン町田からはるばる新浦安にやって来た

さいごにカエルを入れないとおちつかないの！
百枚の衣装を着こなすといわれていた娘だった
十六回も挑戦したのよ
「ようこそ！　楽園へ」
新しい街を潤すゆるぎのない調和の世界があった
そこからまた戻って行く
生活はすでに臨界に達している

若いパン

学校の廊下に並べた机の上の
パン屋の木箱からたまらなくいい匂い
シュトルムの短篇集『みずうみ』は
中学のときはじめて買った岩波文庫
昼食のパン代をけずって買える
食欲旺盛な
しつこい空腹が満たされる三個目の調理パン

夕暮れ
見知らぬ湖を泳ぎだす

玄海つつじ

島の断崖に咲く
五月の初め
華やかに
薄紅色に
海の深さをなだめるごとく
潮の荒さをたしなめがちに

はるか西を望めば
かすかに異国の街影

裏の海が表の海だった時代があった
勢力が脅威ではなく
この国から攻めだす暴力もなく
尊重しあう親友だった

国境は敏感である

四ヵ月の女の子を抱いた若い母親が聞きに来る
鳥居の下で
烏賊になるわたしたちの声

海中の一の鳥居を見晴るかしながら
話し合っている
「まだ潮が引ききっていない」

累々と丸い緑の
小島の浮かぶ
国境の湾は古代の風景を彷彿とさせるが
島の北端には自衛隊の駐屯地があり
鉄道のない島に
機関車の鉄を踏む轟音が立つ

二〇〇九年六月二十三日　対馬和多都美神社にて

記憶の傷

かつて住んだことのある街々を訪れるのが怖い
二度と足を踏み入れたくない街は一ヵ所ではない
過去につながる
累々と積み重なる
じくじくとふさがらない傷をもつ
青春から老年まで橋かける肉体の老朽に入る
それらを迂回して
今ここの日常をしのいでいる

亡父母の衣服をたたむように
駅の構造、通りの風景

面変りしたかつての住居の付近
ひとすじひとすじの折り目に
ひそむ待ち伏せの視線

ともすれば滲み出す体液の臭み
阿修羅や千手菩薩の
昆虫じみた触手のような手で
逃げ回る背中を
後ろから摑み
引きずり
引き据えようとする

街はわたしによって傷ついているのか
街はわたしにリベンジしようとするのか

夢のなかで

足のうらが
ふわりと浮く

ピザンおば様！

クリスティーヌ・ド・ピザンおばさま！
昔の美しき方々！
あなたがたの真実を
どれほどに知っていようかおぼつかぬながら
わずかに伝え残されたことばに頼って
あとは
詩人の得意な想像力とやら
駆使して
おばさま！

あなたに語りかける
あの子は
いい子
民族のたから
この大地の
森や丘や川のような子
片隅の農地の力
純情素朴な本来の力
生きる目標を持ち周囲に支えられる幸せ
あの子は
素直な子
美しい子
誰でもが欲しがる
温かい優しい子
けっして粗略にしてはならなかった

（ピザンおばさま、助けてください！　このお坊さまがたはわたくしを焼き殺そうとしています。二月、石の床は硬いほど冷たく、わたくしのからだは冷え切っております。一月六日は十九の誕生日でしたが、この塔に繋がれてからのこの二ヵ月手足が温かったことはありません。十九といえば血はさらさらとからだの隅々まで清く巡る年頃なのに、わたくしは体温を失調し、もう三度も熱を出しました。坊さまがたは慌てふためいて必死に治そうとしました。どうせ殺そうとしているものを、なぜこのように手厚く看護するのでしょうか。答えは明白、私が見せしめの大切ないけにえだからです。祭壇で羊を殺すときも、いちばん美しい一頭を選ぶといいます。高い金を出して買った羊なのですから、殺すまで美しく、健康で、元気に生きていなければならないのです。彼らにとって、もうわたくしは人間ではありません。いけにえの清い子羊、残酷な祝祭のための生きた捧げ物なのです。おばさま、どうぞ助けてください！　あらゆる僧院の院長がたに手紙を書いてください！　あなたがわたくしの成功に関する風聞によって、詩の心を揺さぶられたとおっしゃるのでしたら、どうぞわたくしを生きながらえさせてやってください。わたくしはこれから字を覚え本を読みます。生まれてきて、しなければならないことをまだ一つしか果たしておりません。あなたのように、夫をください。子を育てさせてください。

世の中を見て、自分の考えを作り上げる楽しみを持たせてください。命を、それほど長くは望みませんが、せめていま少し、この世に置かせてください！）

クリスティーヌ・ド・ピザンとジャンヌ・ダルクは同じ時代を別々に生きた

ピザンの『ジャンヌ・ダルク頌歌』はジャンヌの成功の頂点において、つまりランスでの戴冠式の直後に、パリ郊外のポアシー修道院で書き終えられた。「時は一四二九年／太陽は再び輝き始めた／……」*

ピザンに少女を救うてだてはなかっただろうか。ピザンとジャンヌは同年に没したとされている。

*R・ペルヌー著、高山一彦訳『ジャンヌ・ダルクの実像』より

初出一覧

まぼろし	「現代詩図鑑」2010年冬号
セレナード	メールマガジン「あそびすと」2008年７月
豊坂	いわき市「日々の新聞」118号、2008年１月
西の丘	いわき市「日々の新聞」144号、2009年２月
ユリの木の下で	「現代詩図鑑」2005年９月号 （「筆を選ばず」を改題）
贔屓	メールマガジン「あそびすと」2008年10月 （「好きなもの」を改稿）
村	いわき市「日々の新聞」132号、2008年８月
庭	メールマガジン「あそびすと」2008年10月 （「鶏を絞める」を改題）
実生の枇杷の木	「現代詩図鑑」2009年春号
雪野	「コールサック」59号、2007年12月 （「深く敗れた」を改稿）
昼の時間	「ル・ピュール」２号、2006年１月 （「夕べの喧騒」は『雪柳さん』所収「にぎやかな夕ぐれ」を改稿）

・

甕棺	「ル・ピュール」９号、2009年10月
月の魚	「交野が原」67号、2009年10月
エリデュック	「現代詩図鑑」2006年４月号 （「紅ばら白ばら」を改題）
茗荷の港	メールマガジン「あそびすと」2007年４月
ランボーの右足、エイハブの左足	ウェブサイト「うろこアンソロジー」2007年版
マリアの家	ウェブサイト「うろこアンソロジー」2006年版 （「磔刑ののち」を改題）
左右の距離	ウェブサイト「うろこアンソロジー」2009年版
柿に赤い花咲く	プロジェクト La Voix des poètes No 371, 2009年７月28日の夕べのための書き下し
傷つく街	プロジェクト La Voix des poètes No 412, 2009年11月16日の夕べのための書き下し
ピザンおば様！	「ガニメデ」vol. 37, 2006年８月

幻《げん》影《えい》の足《あし》

著者
有働《うどう》薫《かおる》

発行者
小田久郎

発行所
株式会社 思潮社

〒一六二—〇八四二 東京都新宿区市谷砂土原町三—十五
電話〇三（三二六七）八一五三（営業）・八一四一（編集）
FAX〇三（三二六七）八一四二

印刷所
創栄図書印刷株式会社

製本所
株式会社川島製本所

発行日
二〇一〇年五月二十五日　第一刷　二〇一〇年十月二十五日　第二刷